KB132348

배가 산으로 간다
민구 시집

문학동네시인선 065 민구
배가 산으로 간다

시인의 말

경화와 장현
경미와 당신에게

2014년 가을
민구

차례

房
— 거울

거울아 녹아라
내가 흐르게
흘러나오게

근데 우리 둘
같이 있으면
얼마나 어색할까

문득 바라본 그곳에
누가 서 있을까

나는 기다려
천천히 녹는 거울을
흐르는 평범한 세계를

거울이 녹으면
내 방은 잠기겠지
치워지지 않은 주검들도
떠내려오겠지

물이 싫은 나의 고양이가
그림의 난간으로 건너간다
죽은 사상가가

입에 문 시가를 놓치고
텀블러 안으로 달아난다

그녀가 젖었네
거울에서 나온 내가
사진 속 먼로의 가슴을
주무르고 있다

이제 누가 돌아갈까
우리 둘

공기
— 익명에게

그 어디에도
나만의 것은 없다

나의 이름, 내 목소리
죽은 거리를 애도하는 악사
그리고 너에게 바치는 유일한 시

멀리 있는 네게 편지를 쓴다

"오늘 아침
바다에서 잡은 도미는
본래의 색을 잃고서 죽어버렸네
누군가의 시
그의 날렵한 문장에 의해"

너의 이름을 부르며
이렇게 적는다

"뜨거운 프라이팬에서 익어가는 도미를
언제 뒤집어야 할까
사라진 가시를 어떻게 바를지"
모르겠다고

떡 벌린 백상아리 아가리
안으로 얼굴을 들이밀면
이빨에 빛나는 바다

나는 식은 커피를 들고서
테라스로 나간다

어두운 광장 한가운데
느릿느릿 걸어가는 흰 거북을 본다

동백

산중턱 절간에 구부리고 앉아 눈 덮인 마을을 내려다보
는데
모기들이 떼 지어 나무에 매달려 있다
저 나무 어딘가에 마르지 않은 검은 웅덩이가 있어
입안에 가시 돋은 채 태어나는 벌레들
얼음 깨고 나와 공중을 움켜쥐고 피를 빠는지
뒤늦게 낡은 서가를 뒤적이는지

부어오른 손바닥 하나가
기어이 내 귀뺨을 한 대 올리고 간다

여기는 흰 소매 걷어올린 산의 가파른 능선
단단한 팔뚝 어디쯤인가
그러고 보면 사찰도 풍경도 한낱 시간에 지워지는 문신
이다
발아래 누그러진 바위의 맥을 짚어본다
돌 속으로 한 손이 지워진다 누군가 내 손을 잡고 있다

나는 천천히 돌 속으로 걸어들어간다
눈 덮인 지붕 아래서 죽은 자들이 일가를 이루고 산다
뼈만 앙상한 노모를 위해 남자는 아궁이에 불을 지피고
나무 웅덩이에서 계속 물을 길어온다
파리채로 모기를 잡던 여자가 밥상을 내온다

이걸 먹으라고? 기가 차서 주위를 둘러보면

벽에 문드러진 동백들

房
— 알

집에 돌아와 문을 열면
방에 있던 까마귀는
깨진 알 속으로 날아간다

순식간에 조립된 채
속이 비치지 않는 검은 알만이
책상 위에 굴러다닌다

나는 부드러운 알을 만지며
출출함을 달래려 주방으로 가져가다가
내려놓고 세공된 먼지처럼 축소된 나무와
절벽을 두른 까마귀 섬을 상상한다

그러면 굶주린 까마귀 한 마리
곤히 잠든 나를 발견하고
알의 내벽에 기운 협곡
그들의 서식지에서 날아온다

너의 날갯짓에 비바람이 몰아쳐
어느 날 우리집 방바닥에
걸쭉한 바다가 들이치고
뗏목을 타고 온 사내
웅크려 자는 내 머리를 툭툭 발로 차면

나는 알에서 깨겠지

이를 닦으며 거울을 보면
서로 노려보는 흑조 한 쌍

배가 산으로 간다

저녁 강가에 배 두 척이 나란히 놓여 있다
저것은 망자가 벗어놓은 신이다
저 신을 신고 걸어가서
수심을 내비치지 않는 강의 수면을 두드린다
거기엔 사공도 없이 홀로 산으로 간 배들을 모아서
깨끗이 닦아 내어주는 구두닦이가 계신가

산중턱에 앉아서 아래 강가를 내려다보다가도
정상에서 나를 굽어보는 어느 구두닦이가 있어
벗어둔 신발을 도로 주워 신는다
누가 언제 저 신을 신을까, 지켜본다

나는 강의 한가운데
불붙은 장작을 미끼로 던지고
수면 위의 기다란 굴참나무 그림자를 들어올렸다 놓는다
산허리가 휘어지며 밀고 당기기를 몇 번일까
회백색 물고기들이 나무줄기에 매달려 밖으로 나온다

그때 누가 나무 밑에서 걸어나와
빈 배에 올라타는지 그의 신발 뒤축에 끌려
산아래부터 중턱까지 흙부스러기가 쏟아진다

또 한번 배가 산으로 가나?

너의 낡은 구두가 빛난다
살아서는 신지 못할

물속에 매달아놓은 조등

房
— 빛의 사과

그림 속의 사과 하나가
내 앞으로 굴러왔다
잠시 뒤 바구니를 든 여인이 나타나
사과를 달라고 부탁했다
나는 방바닥의 사과를 주워
송진 냄새가 진동하는 들판을 향해
천천히 내밀었다 그러자 사과는
손바닥에서 뛰는 심장처럼
은은하게 빛이 번져 어두운 방구석을 환하게 비추었다
나는 사과를 반으로 잘라서 삼켰다
나머지 반은 책상에 엎어두고
그녀가 그림에서 나오기를
멀리 점으로 묘사한 굴뚝의 연기와
소리없이 날아가는 철새들이
검은 우박처럼 방안으로 쏟아지기를 기다렸다
그녀는 구부정하게 서 있다가
드넓은 포도농장을 가로질러
물감이 덜 마른 갈대밭으로 사라졌다
빗방울이 들이치고
나는 자리에서 일어나
반쪽 사과를 집어들었다
추수를 마친 사내들이 술잔을 부딪치며
빈 오크통을 굴리는 소리가

짤막한 천둥과 함께 들려왔다   —

움직이는 달

― 달이 먼저 나를 물기도 한다

줄을 풀고 창문으로 넘어들어온 달이 구석에 나를 몰고 어금니를 드러낸다

오줌발이 얼마나 센지 사방 벽으로 튀어 잘 지워지지 않는다

달은 나무를 잘 탄다

어두운 강을 곧잘 건넌다

물결에 비벼도 지워지지 않는 온순한 발자국은 한겨울 빙판을 내리치는 커다란 해머 수천수만의 얼음조각들이 밤하늘에 박혀 있다

순식간에 하늘을 나는 박새에 오른 달, 민첩하다

고양이 꼬리를 물다가 돌아보는 순간, 지붕 위를 걸어나가며 케케케 웃고 있다

멀쩡한 사내를 부축하는 달, 문지방에 걸터앉은 달, 작두로 깎은 발톱이 거기로 튀었나? 굶주린 소가 여물통을 바

라본다

　물에 뜬 시체를 가만히 덮고 있는 담요여

　상갓집 늦은 조문객이 맨 근사한 타이여

　공중에 집 한 채 놓고 숨죽여 울던 검은 짐승은

　지금 해와 교미중이다

房
— 탄생

거울 밖으로 나온 건 나였다
이어서 병풍 속의 새가
방안을 휘저었고
베갯잇에 새겨진 노송이
쿵 하고 침대로 떨어져서
잠들어 있던 아버지가 즉사해버렸다
시신을 거둘 시간이 없었다
컵에 고여 있던 물이
방에 차올랐기 때문에
그러자 냉동실에서 나온
부패한 연어가 방안을 헤엄치다가
방충망을 뚫고 사라져버렸고
정체를 알 수 없는 화초들이
살림살이를 있는 대로 쳐부수며
물 빠진 바닥 위를 걸어다녔다
그들이 날개를 펴자 천장에
커다란 구멍이 났다 겨울인데도
선탠을 즐기고 온 듯 보이는 금발 여자가
이층에서 떨어졌다
그녀는 불길이 이글거리는 수챗구멍 속으로
깨끗하게 빨려들어갔다
빛바랜 사진을 보았지만
죽은 엄마는 돌아오지 않았다

나는 복덕방에 전화를 했다
더 큰 방을 구하기 위해서

오늘은 달이 다 닳고

나무 그늘에도 뼈가 있다

그늘에 셀 수 없이 많은 구멍이 나 있다 바람만 불어도 쉽게 벌어지는 구멍을 피해 앉아본다

수족이 시린 앞산 느티나무의 머리를 감기는 건 오랫동안 곤줄박이의 몫이었다

곤줄박이는 나무의 가는 모근을 모아서 집을 짓는다

눈이 선한 저 새들에게도 바람을 가르는 날카로운 연장이 있다 얼마 전 죽은 곤줄박이에 떼 지어 모인 개미들이 그것을 수거해가는 걸 본 적이 있다

일과를 마친 새들은 둥지로 돌아와서 달이 떠오를 무렵 다시 하늘로 솟구치는데,

이때 달은 비누다

뿌리가 단단히 박혀서 번뇌만으로는 달에 못 미치는 나무의 머리통을 곤줄박이가 대신, 벅벅 긁어주는지, 나무 아래 하얀 달 거품이 흥건하다

오늘은 달이 다 닳고 잡히는 족족 손에서 빠져나가 저만 ⎯
치 걸렸나

　우물에 가서 밤새 몸을 불리는 달을 봐라

　여간해서 불어나지 않는 욕망의 칼,

　부릅뜨고 나를 노린다

동백

나는 항상 그를 본다 유년의 어느 날
따귀 맞은 채 올려다본 교정 한가운데서
유유히 담을 넘던 사내의
멋진 신발을 기억한다

그는 내가 태어난 항구도시 벽면을
천문학적인 액수의 현상금이 적힌
수배전단으로 채우고 있다

그는 민첩하다
제보를 받고 달려가면
무지개 연막을 치고 자갈이 무성한 강을
단숨에 건너 산너머로 달아난다

증거랍시고
수면에 번진 발자국을 떠내거나
기절한 물방개를 흔들어 깨울 수는
없는 노릇

나는 번번이 그를 놓치는 대신
작은 여인의 손에 수갑을 채우고
밤마다 송진이 흘러내리는
구릿빛 책상도 하나 갖고 있다

나는 서랍 속 수사일지에 끼워둔
그녀의 사진을 바라본다

그녀가 산중턱 어느 곳간에서
발아래 펼쳐둔 장신구를
하나하나 세던 사내와 잠시
놀아났다는 것도 잊은 채

가을이라고 하자

그는 성벽을 뛰어넘어 공주의
복사꽃 치마를 벗긴 전공으로
계곡타임스 1면에 대서특필됐다
도화국 왕은 그녀를 밖으로 내쫓고
문을 내걸었다 지나가던 삼신할미가
밭에 고추를 매달아놓으니
저 복숭아는 그럼 누구의 아이냐?
옥수수들이 수군대는 거였다

어제는 감나무 은행이 털렸다
목격자인 도랑의 증언에 의하면
어제까지는 기억이 났는데 원래,
기억이란 게 하루 사이에 흘러가기도 하는 거
아니냐며, 조사 나온 잠자리에게 도리어
씩씩대는 거였다

룸살롱의 장미가 봤다고 하고
꼿꼿하게 고개 든 벼를 노려봤다던,
대장간의 도끼가 당장 겨뤄보고 싶다는,
이 사내는 지금 어디에 있을까
버스 오기 전에

몽타주를 그려야 하는데

공기
—너는

너는 보이지 않아

너의 발에 입을 맞추면
떨리는 음순
하늘거리는 음모

너의 귀를 만지면
번지는 허공

수은 가닥들이
쏟아지는 그곳으로
부드럽게 스미는 너의 잔뿌리가 보이지

너는 보이지 않아
투명한 포자만 촉수를 바르르 떨어

머리는 새처럼
텅 비어 있다

네 뒤도 가득차 있다
빈 곳으로

房
─ 붓

방은 붓끝에 있다

붓끝에는 검은 물감 한 방울
털 없는 까마귀가 날아간다

안에서 본 밖은 환하고
밖에서 보면 저 안은 깊은 구멍
붓꼬리에서 밤이 깊어진다

나는 너의 기다란 머리끄덩이를 잡고 있으니

그린다, 너는
붓끝에 뭉개진 방
자꾸만 쓰러지는 그 방의 테이블을

머리카락을 움켜쥔 나의 팔과
투명한 털이 솟은 너의 팔까지

너는 붓을 놓고서
네가 파놓은 우물로 들어간다

방은 여전히 붓끝에 뭉개져 있다
검은 피로 응고된 문짝

창문 밖에는 말꼬리 붓을 탐내며
서 있는 한 사람

공기
― 나는

나는 빛도 어둠도
털이 다 빠진
까마귀도 아니야

나는 백지
가느다란 손가락이 아니야

심해에서 막 솟아오른
수은 기둥

빛을 삼킨 고래의 내장에서
빛나는 바다 형광색 해초

―나는 아냐

그래 너는 아무것도 아니지

향초에 불을 붙이고서
너를 일으킨다

훅 불어서 촛불을 끄면
어둠 속에서 흰 정어리 한 마리
튀어오르며

나를 붙잡겠다고?

혀

어느 겨울밤
나는 드디어 내 안에 웅크린
새로운 존재의 형상을 보게 되었다
마음은 두근두근하여 기대와 불안을 가늠할 수 없었지만
적당한 양의 취기는 굳게 걸어잠근 철문을 단숨에
부수고 들어갔다

내 목을 조르던 자의 정체란
대단히 우스운 몰골이어서 나는 그것이
침묵으로 훈제된 생선 살덩어리인지
아무 적의가 없는 자의 여유로운 얼굴인지
잠시 헷갈리기도 하였다

하지만 그것이 쏟아내는 말은
뜻밖의 것이었다

우뢰를 맞은 건너편 사내는
고기 굽던 집게로 나를 내리쳤고
내 혀는 동굴 속에 잠들어 있던 사자를 풀어
사내를 물어뜯기 시작했다 근처를 지나던 여자는
혀의 구령에 맞춰 불 위를 건너는 짐승이 신기했던지
가만히 서서 구경만 하고 있었다

한바탕 폭풍이 몰아친 뒤 정적이 흘렀다
여자는 깨진 소주잔을 치우고 고기를 뒤집었다
사내가 갈가리 찢긴 표정을 수건으로 훔치는 동안
불판 위를 어슬렁거리던 사자는 아까부터 우는 새끼가 생
각났는지
아직 숨이 멎지 않은 먹이를 물고
동굴 속으로 사라졌다

房
— 투숙객

그는 방에 있다
썩은 냄새가 진동하는 방
음흉한 그림이 벽에 걸린 그 방을
나는 본 적이 없다

그는 식성이 특이하다
어젯밤 구멍으로 밀어넣은
밥과 신선한 채소
그리고 나의 어머니가 두고 간 닭을
간밤에 모두 토해냈으니

아무도 그 방에 들어갈 수 없다
거기에는 그가 살고 있다
방에 딸린 조그만 부엌,
벽에 걸린 식칼이
몸을 수그리는 나를 찌른다

나는 노크를 하며 말한다

계십니까
부르셨습니까
등에 번지는 핏자국

밤낮없이 울부짖는 자
나를 노예로 부리는 자
오늘밤 내 귀로 흘러들어간 소식을
당신은 알고 있나

한마디 대꾸도 않는
어느 투숙객

말을 찾아서

이곳은 한때 말들의 마구간

오래전 선원들은 바다로 말을 몰았다 수평선 너머엔 푸른 목초지가 우거져 있고 종마를 모아 새끼를 치던 가두리 양식장이 있었다

그들은 이국의 상인들로부터 두루마기로 쓸 비단과 진주 옷고름을 갑판 가득 실어나르곤 했다 우리는 멀리서도 파도의 주석을 달고 오는 말의 갈기와, 바닷속에 가라앉은 굽을 채취해 물위로 건너오던 어린 해녀의 나체를 볼 수 있었다

보름에 한 번씩은 등대 입구에 가설된 경연장에서 마상시합을 했다 경합에서 밀린 말이 설탕과 귀리를 토해내면 간간이 수면 위로 방어와 참돔이 뛰어올랐다 나는 그것이 아직도 내 머릿속을 헤엄치는 한 무리의 두통이라고 믿고 싶다

이제 말은 밀물과 썰물이 번갈아 오가는 둑에 매여 있다 건초 대신 썩은 파래의 죽을 쑤어먹으며

방생된 말들은 이곳으로 걸어오거나, 죽기 전에 다시 한 번 수평선 너머의 목초지를 찾아 바다로 나선다.

이곳은 한때 선원들의 갓집을 품고 뒤척이던 말들의 마구
간 그들이 벗어놓고 간 안장만 비석처럼 남아 있는 곳

　잠에서 깬 구름이 갯벌 한가운데서 나를 에워싸고 빙글빙
글 돈다 안개가 걷히면

　진흙투성이의 검은 말들

房
― 바다 건너

상자 안에는
오키나와보다 큰
해변이 있다

폭풍우 휘몰아치는 밤이면
상자를 오므린다
파도에 떠밀려온 시신을
뒷산에 파묻으러 간다

밤물결 출렁이는 상자
어둠 속으로 사라졌다가
수면 위로 떠오르는 난파선
조명이 켜진 선실에서
벌거벗은 두 사내가 엉켜 있다

홀딱 벗고 춤을 추는 남녀들
빈 잔을 채워
달콤한 말을 건네는
어린 창녀의 손에 이끌려
나는 상자로 들어간다

누군가 상자를
훔쳐가는 게 아닐까

그녀를 뿌리치고 밖으로 나온다

비 내린 해변
모래 위에는 타다 남은
성냥개비 몇 개

아침이 오면 흔적없이 사라질
먼바다
조그만 상자

기어가는 달

달이 기어간다

산꼭대기에 허물을 벗고 똬리를 틀던 달이 서울 시내 한복판으로 스멀스멀 기어내려온다

달리는 덤프트럭 바퀴에 밟힌다

납작해진 가죽, 양화대교 아래 떠 있는 꼴이 우습다

물장구치는 달, 굶주린 새가 쪼아도 끄떡없는 대가리

바짓가랑이에서 고추를 내밀고 내게 노상 방뇨하는 달

집에 오면 부엌에서 접시를 핥다가 찬장 구석으로 숨는 앙증맞은 달

못 본 척하면 먼저 와서 안기는 귀여운 달

어느 날 내 눈에 알을 까고 구름 속으로 숨어버렸네

아직도 잠에서 깨면 팔베개를 하고 있는 여자

술 깨면 주섬주섬 옷을 입고 사라지는 달

한덩어리 달

에디슨이 전구를 발명하다 말고 밖으로 뛰어나갈 때, 장영실이 제작한 가마가 부서져 불속으로 던져질 때, 노구치 히데요가 감염되기 전날 마신 커피 한 잔에 달이 떠 있다

죽은 혁명가가 문 라틴 시가에, 눈 오는 밤 런던 거리 위를 미끄러지며 달리는 마차 바퀴에, 크리스마스 캐럴이 들리는 소총수 벙커에, 스트리퍼의 검은 엉덩이에 뜬 조그만 달

춤추는 달, 불붙어서 몸서리치는 달, 차갑게 식은 잔을 가득 채우고 있는 달, 검은 연기 속으로 사라지는 달, 총성이 들리면 구름 뒤로 숨는 달, 헐레벌떡 뛰어오는 어린 병사의 군화 자국에 입맞추는 달, 아무도 없는 음악실 피아노 건반 위를 달리는 달, 어릴 적 코 묻은 손으로 주무르면 무엇이든 잘라서 만들 수 있는 멀리

한덩어리 달

공기

― 예민해

너는 달아나고
말을 걸면 대답이 없어

민감한 사람은
조그만 기척에 뒤돌아봐

너는 손가락으로 백합 줄기에 흐르는 빛을 두드리며
나를 보고 있지

감정보다 빨리

투명한 귀가 솟은 열차 화물칸
구부러지는 테이블에 앉아
영원히 먹을 수 있는 빵

스스로 무너지는 벽

불꽃을 내지 않고 폭발하는
인화성 물질에게

털 없이 부드러운 너에게
거는 기대가 커

버드나무에서 파닥거리는 물고기
네가 물고 있나

밖으로 나오지 말고
거기서 숨어 있길

房
— 눈감으면

눈감으면
네가 보여

죽은 느티나무는
그곳에 우거지겠지

눈감으면
눈을 뜬 네가 보여

처음 보는 내 얼굴,
이런 모습이었군

눈감으면
캄캄한 세상
다양한 반디가 서식하네

검은 사장 위로
천천히 걸어가는 시체
그의 흰 발바닥

나는 눈을 가린다

고장난 피아노 앞에 앉아서

바다로 가는
손가락을 주워온다

동백 1

이른 아침
기척에 놀라 잠을 깼을 때
커다란 짐승 한 마리가 다가와
죽은 척하는 날 물고 핥으며 간을 보고 있었다

저건 죽은 자들이 잠든 숲속
동굴에 모여 사는 여우가 분명하리라
오동나무로 만든 식탁과 소파
손닿지 않는 천장 구석에 찍힌 여우의 발자국

그는 온 집안을 들쑤신 뒤
뒤꼍의 장독을 깨고 달아나버렸다
나는 딸에게 주려고 여우 그림을 그렸다
타다 남은 장작을 손에 발라 모서리가 말린 구름을 편 다음
천천히 스케치하기를 세 시간
비로소 완성된 그림에서 붉은 눈동자가 번뜩였다

하나 오늘은 그가 나무에 올라가 있는지
쫑긋 귀를 세운 동백이 공중에 굴을 파고
영하의 바람에 털을 말린다

저걸 잡아서 시장에 내놓을까
여우가 잠든 사이 창고에서 낫을 꺼내는데

어디선가 살랑살랑 봄바람이 분다

지붕 너머 검은 나비
흰 나비

동백 2

딸애가 여우에게 물렸다고
새 장화에 피가 묻어 친구들 자길 피하더라고
설산에 떨어진 핏자국 따라 첩첩산중
등곳길 걸어 너를 업고 오는 길

기절한 널 부둥켜안고
꺼진 심지에 불을 붙여 걷고 또 걷기를 몇 번
눈 쌓인 숲에서 길을 잃었나
방금 지난 낡은 암자를 확인차
뒤돌아보니 무너진 암자 위에 커다란 바위가 서 있다
급한 대로 바위를 두드린다
누군가 덥석 내 딸을 끌어간다

얼마나 기다려야 할까 입가의
수염은 얼어붙어 솔방울이 맺히는데
눈꺼풀에 널어둔 잉어는 썩어서
뼈만 앙상해졌는데

의사는 돌이 된 딸을 돌려준다
주머니의 지폐를 꺼내 바위틈에 물리자 그는
동백 몇 닢을 거슬러준다

오밤중에 먼길 마차가 오면

여비나 하시라며

동백 3

살이 오른
까투리를 잡아
처마에 걸고
밤새 여우를 기다리네

기다리던 손님은 오지 않고
산에 올라간 포수들
죽었는지
소식이 없고

낯익은 총성만 동백나무
빈 광주리에 담겨
내려오는데

공기
— 아래

식빵
고요한 시간
커피를 내려놓고

버터
고요한 시간
툭 밀어서
커피잔을 떨어뜨리면

테이블 아래
처음 보는 얼굴

또르르르 검은 복도를 걸어가는 너의 발

염소

미안하지만 나의 서가에는 책이 없다 굶주린 염소들을 모는 젖은 구름과 그들이 건너오는 다리에 차려둔 조촐한 종이밥상만 있을 뿐

그들은 금박을 두른 울타리를 넘어 플라타너스가 우거진 숲을 독차지하고 건초나 벌레의 화석, 모래가 된 돌탑, 비단뱀 허물 따위를 배식 받으며 오래전 이곳을 떠난 새들의 사원 앞에서 잠시 숙연해지곤 한다

그곳의 동과 서를 나누는 거대한 폭포에는 하루에도 몇 번씩 검은 외투가 떠내려온다 벌써 더위에 지친 염소들이 강 하류로 이어지는 호수에 몸을 담그고 물장구치는 모습이 콩고 국경을 지나던 사냥꾼에 의해 목격되었다

호수 밑바닥에는 염소들이 두고 간 물안경과 바람 빠진 튜브, 랩으로 감싼 중국산 마분지, 부직포로 만든 비스킷 따위가 뒤섞여서 어부가 던진 그물에 나팔 모양의 푸른 뿔과 함께 올라오기도 한다

밤이면 국경수비대의 감시를 피해 물속으로 들어간 주민들이 그 지방의 특산물인 돌로 발견된다

먼지뿐인 나의 서가에는 책이 없다 달이 절룩거리는 밤

에 가야금을 켜고, 술을 마시던 인명사전 속의 사내와 기생 —
들은 염소의 연고지로 사라진 지 오래 그러니 염소들을 모
는 젖은 구름과 그들이 건너오는 다리에 차려둔 조촐한 종
이밥상만 있을 뿐

 산낙지 활자들만 좁은 그릇을 기어나올 뿐

房
— 꿈

어젯밤 꿈이
떠오르지 않네
꿈이 나를 모른 척하나

꿈과 뒹굴었던 침대는
깨끗하게 정돈되어 있으니

그가 따먹은 사과는 창밖에 매달려
회오리바람에
불알을 흔드니

나는 꿈을 보았다
꿈은 나를 응시하다가
허리를 붙잡고 들썩거렸다

그리고 언젠가 본 적이 있는
울창한 대숲 너머 짙은 안개가 낀 고원으로
완전히 자취를 감추어버렸다

그렇게 믿고 싶다
너는 사라지지 않는다고
오늘밤도 죽어가는 화초를
축축하게 적실 거라고

만약 꿈을 들이지 않았다면

눈꺼풀 속 나의 가랑이를
네가 까벌리지 않았다면

공기
— 얼굴

너의 얼굴은 발, 발, 발
그리고 발가락

우리는 바라본다
너의 엄지발톱이 내 눈동자에 박혀 있다

뜨거운 물을 쏟으면
젖은 계단을 모락모락 응시하는 투명한 발
천천히 마르는 발가락

꼼지락거리며 무슨 말을 하든
나는 상관없어
그것이 불행에 관한 거라면
네 다리를 붙잡을 수 있겠지

만진다, 공기의 발
희고 가는 모공에서 나온 애벌레가
한 마리 두 마리 기어온다

너의 얼굴은 발, 발, 발
꼬물거리는 발가락

지워지지 않는 물의 발자국

꿈같은 일

숨이 벅차서 급한 대로 비탈에 앉았는데,
아무도 없는 강가에서 이게 웬걸
자갈을 들썩이며 물결들이 파르르 떨고 있었다
거대한 전기뱀장어가 자신의 전류에 노출된 채 기다란 자
루에서 흘러나온 기름과 햇살을 사방으로 튀기고 있었다
아니면 저 탁한 강을 비출 정도로 선명한 금빛 잉어가 물
위로 솟구친 것일까
눈을 질끈 감아도 철문 밖의 어둠을 단숨에 걸어오는 흰
빛, 내 이마 위에 찍힌 빛의 발자국, 발자국을 덮는 또다른
발자국
오전 내내 떨리는 물결들
그건 다 큰 강이 바지에 오줌을 지리는 일
어제 달을 적시지 못한 강물을 시원하게 흘려보내는 강의
꿈같은 일
그리고 얼마나 많은 시간이 지났던가
길 잃은 새들이 공중으로 팔려가는 걸 지켜봐야 하나, 너는
구름을 풀어서 언제까지 나를 닦으려는 것일까
오전 내내 떨리는 물결들, 난
아무리 봐도 모르는
꿈같은 일

房
— 북쪽

북쪽 섬 어느 화실에서 가져온 그림

그림의 안개가 걷히자
커다란 관이 하나 떠 있다
관뚜껑이 스르르 열린다

주인 없는 목관으로 누가 들어가나
거울 속의 묘지기는 일거리가 없어서
나를 쳐다보는데

그럼 나의 몸속으로
네가 대신 올래?
그가 거울 밖으로 삽을 내팽개칠 때
어디선가 천둥소리

화실은 바닷속으로 가라앉아
그리다 만 불가사리 해파리
수면 위에 떠오르고

색을 덜 칠한 거무스름한 흑등고래가
내 얼굴에 물기둥을 내뿜는데

눈을 뜨면 가만히 누워 있는 나

머리맡에는 근조 화환

봄, 개 짖는 소리

평상에 누워 있는데
그가 으르렁거린다
눈 녹은 봉우리 위로 털을 세운다
나를 보고 입맛 다시며 저수지에 포개놓은 잉어를
먼저 채가진 않을까 강물에 앞발을 담근다

안절부절못해서 혼자 커다란 산을 뛰어다니고
누런 이를 드러내며 바위에 오줌을 갈긴다
벼락 맞은 소나무 위에 올라타 내 눈을 응시하며
이상한 자세로 들썩거린다

나를 덮치고 싶지만
목은 단단한 줄에 매여 있다

부아가 치밀어서 벚꽃과 개나리
막 얼굴을 내민 어린잎들을 더럽게 질질 흘린다
검은 나비 흰나비 개떼처럼 몰려와서
식사를 마치고 짝을 지으며
이리 와 너도 껴, 꼬드긴다

너는 오가지 못하고 심드렁하게 누워 있다
지난겨울 빙벽을 허물던 앞발을 들어 힘껏 휘두르지만
사람들 머리 위로 선선한 봄바람

어디서 개 짖는 소리 　　　　　　　　　　　—

복날까지 이제 석 달

房
— 호출

그가 찾고 있다

단정한 매무새와 수려한 용모
그가 나를 찾아 헤매느라
두 눈이 충혈되었다는 소문이 들린다
심지 않은 나무에 매달린 사과가
어쩜 저리도 잘 익었을까

나도 너를 보고 싶다
산 구석 초가집
밖에서 누군가 장작을 패고
매일 아침 목이 돌아간 까치가
우편함에 끼워져 있다
너는 누구일까 어두운 봉우리에서
내려오는 한 사람

그가 이쪽으로 온다
나는 문을 열고서 군밤을 까먹으며
그가 거울 안으로 천천히
걸어가기를 기다린다

거울 속에는
단정한 매무새와 수려한 용모

오랜만에 보는 나의 영정　　　　　　　　　　—

책

여긴 위험하니
절벽에 기웃거리지 마
가서 봉숭아나 심어

네가 아는 공주 이야기와
비석에 새겨진 효녀도
모두 흙에서 나왔지

시 쓴다는 너희 삼촌
산에 가서 오지 않는 걸 보면
숲속에 어떤 짐승이 사는지
독한 벌레가 알을 까는지
나는 알 것도 같아

그러니 딸, 거긴 위험하니
네가 좋아하는 염소나 길러
산비탈 아래 푸른 염소목장

거기서도 얼마든지
굶주린 늑대를 부를 수 있다

바벨 드는 새

　건물과 건물을 잇는 고압선, 새 한 마리가 철봉을 쥐고 있
다 철봉의 양끝에 빌딩 하나씩 끼워져 있다 새가 빌딩 두 채
를 송두리째 뽑아버릴 것 같은 기세로 머리와 날갯죽지를
번갈아 움직인다 저 하찮은 들썩임이 페루로 가는 차편이었
다니, 이제껏 내가 숨어서 지켜본 날갯짓이 속을 전부 게워
낸다 차가운 혈액을 쉼 없이 저어준다 과장이 심하다 싶어
　눈앞에서 새를 지운다 비가 새는 날개, 겨드랑이를 간질
이는 구름, 구름 위의 발자국, 발자국에 신겨놓은 눈발을 모
두 지우고, 공중에 흥건한 새의 부력을 마지막으로 박박 문
지른다 산성비를 뿌려 뒤처리한다, 지워진다, 새, 전부 지
워져서
　새가 새의 가죽을 벗고 그림자만 남는다 그림자가 바벨을
들고 있다 바벨과 두 팔은 검은 피복을 씌운 한 가닥 전선
처럼 통해 있다 그림자가 두 팔 번쩍 바벨을 들고 있다 신
호가 올 때까지, 저 너머 잠든 심판이 붉게 부은 두 눈을 비
빌 때까지

房
— 블랙

일어나
커피가 식고 있어

너는 검은 도로를 걸어가는
투명한 발, 불 꺼진 도시를
응시하는 눈

내 목소리를 들으면
팔을 뻗어봐 너의 혀
뛰는 맥박에 반지를 끼워줄게

누군가 너를 부를 때
너는 아직 이름이 없어서
침대에 웅크려 있다

구,

어디로든 갈 수 있는
아홉 개의 꼬리
너에게 줄게

일어나 잔을 기울여
얼굴을 봐

나의 익명

독서

나는 조용히 박쥐떼가 우글거리는 동굴로 들어갔다 산아래부터 길을 인도하던 빛은 두려운 존재를 맞닥뜨린 듯 어느새 저만치 물러나 있었다

주머니 속의 두 손은 눈앞이 캄캄해진 틈을 타서 어두운 동굴을 더듬었고, 아무것도 보이지 않는 눈알은 처음 망치를 쥐어본 이처럼 허공의 만만한 자리를 골라 쾅쾅 못을 박기 시작했다

나의 내부, 기울고 습한 창고에서 꺼낸 연장은 녹이 슬고 날이 무뎠지만 어둠의 세계에서는 무엇이든 자르고 끼워맞추기 쉬웠다

머릿속을 지나는 산양의 엉덩이를 때려 푹신한 침대를 만들고 바람에 날리는 현관을 달기 위해 재채기를 했다 연탄가스를 마신 기억을 떠올리자 지붕 위로 검은 새가 날고, 차가운 물을 들이켜자 집 앞 호수에 보트가 떴다

나는 내가 못 박은 것이 누군가의 옷자락임을 알 수 있었다 그는 커다란 대못이 박힌 외투를 벗었다 천천히 그의 알몸에 새겨진 문신을 읽어나갔다 어떤 그림은 그의 살갗에 스몄고, 어떤 문장은 몸밖으로 날아가서 동굴 천장에 거꾸로 매달려 광채를 뿜었다

자정을 알리는 종이 울리자 돌아가야 했다 무언가 근사한
건물이 하나 세워지리란 기대를 풀어 허기진 배를 달래고
자리에서 일어났다

개나리

노란 교복을 입은 아이들이
책상에 엎드려 자던 아이들이
텅 빈 운동장을 내려다보며
새로 산 축구화 끈을 묶던 아이들이
우르르 밖으로 나온다

무스를 나눠 바른 아이들이
지각해서 담벼락을 타넘다가
무르팍이 다 까진 아이들이
길 건너 서 있는 진달래 뒤꽁무니만
쫓아다니던 아이들이
선생을 깔보고 지 맘대로 떠든다

선생님 내일 정말 플로라 원피스를 입은
교생이 오나요
책 속에 납작하게 드러누운 저분은
교장선생님 아닌가요

애들아 졸업은 해야지
어서 담배 비벼끄고 교실로 들어오렴

내일은 엄마 모시고 학교에 올게요

눈 덮인 산골
모래바람 부는 텅 빈 운동장
아직 피지 않은 나무에서 들리는
개나리 목소리

공기
— 오리

조개껍데기 속의 나무 한 그루
솜털 보송한 발자국이
잎사귀에 찍혀 있다

밤이면 뒤뚱뒤뚱
그곳을 내려온 미운 오리와
산책을 해도 좋다

5리마다 둥근 연못
태어나지 않은 알의 오리들이
날아다니는 무덤
안개 무성한 갈대밭
그들의 서식지까지

나무는 공중에 떠 있다
뿌리가 운해에 박혀 있다

산속 오두막
주인 없는 나무 아래
회색 조개의 눈꺼풀을 들어올리며
깨어나는 새

눈감으면 바스러지는

빈 오리알

房
─ 촛불

붉은 드레스

술 취한 그녀를 안고서 춤을 추네

몸 가누지 못하는 촛불

오늘밤 나의 품에 안겨 자지러지는 촛불

그녀의 어깨 너머 원형 거울에서 눈 덮인 강이 쩍쩍 갈라져 다리를 벌린다

검은 양털, 푹신거리는 침대 위에 질퍽하게 쏟아내는 촛농과 바닥에 굳은 체액을 닦고서

점점 가늘어지는 그녀의 허리를 붙잡는다 연기 속으로 사라지는 촛불

여자의 입술이 내 귓불을 문다

간지러워 눈을 떠보니 웬 사내 하나

붉은 치맛자락을 나부끼며 나를 부둥켜안고서 말한다

불을 끌까?

거울에 비친 나를 더듬는 넌

房
— 야광나비

침대에 누운 남자는
잠을 자지 못한다
나는 그를 재우기 위해
들썩거리는 벽을 붙잡고 있다
오래된 시 전집에서 부식된 칼이 쏟아진다
구리로 만든 검은 녹슬어
남자의 발등을 관통하지 못한다

아직도 남자의 얼굴에는 눈이 붙어 있다
그는 과거를 응시한다
멀리 굴러간 그의 눈알이
액자 속 기관차가 뿜는 증기에도
아랑곳하지 않고 저 어딘가를
배회하고 있다

야광나비는 번식기가 되면
날개에 빛을 내며 거꾸로 비행한다
유리창에 새겨진 나비들이
주방 타일의 라일락으로
먼저 가려고 엉겨붙어 있다

기억 때문에 남자는 일그러진다
증오는 잠든 악귀를 부른다

그의 가슴에서 사마귀가 뛰어올라
움쩔대는 나비의 머리를 잡는다

머리가 없는 날개들이
라일락으로 날아간다

공기
— 포도

사라진 정원 어딘가에
포도나무가 있어

심지 않은 나무는
어둠 속에 뿌리를 내리네

잎사귀에 발자국을 남기며
산책하는 설인,
그의 빛나는 고글

떨리는 입술

키스를 나눈 요정의 화환이
연못에 떠내려가고 있다

문을 닫으면 도롱뇽은
철문에 낀 꼬리를 자르고
나무 위로 올라간다

사라진 정원의 포도나무

나무벌레의 홑눈은
혀에서 미끄러지는 자주색으로 빛난다

지붕 위에서

  뱀은 혀를 깨물었다 해전에서 패한 가오리와 악어는 후궁
의 지갑과 가방으로 가공됐다 멀쩡한 이슬을 내온 풍뎅이
는 기름 발라 태양국으로 유배됐고 새로운 화포를 고안하
지 못한 죄로 무당벌레는 여러 군데 낙인이 찍혔다 노역에
지친 달팽이는 바위를 지고 눈감아준 여치는 두 다리가 꺾
였다 주머니고양이는 등에 업은 세자가 울어 정원의 개미를
핥았고 아미산 굴뚝의 잡초를 베던 사마귀는 간통으로 몰
려 백 일을 굶긴 배우자와 감금됐다 시를 쓰던 가재는 서가
의 모든 종이를 불태우고 바위 아래 매장됐다 거미는 두려
웠다 벌써 그에게 빌려온 책이 얼마던가? 그는 죽은 왕에게
하사받은 명주로 책을 감아 문밖에 대기중인 잠자리에게 부
탁했다 그러나 왕은 예리하다 거미를 성밖으로 추방시켜 해
와 놀아난 달의 가죽을 벗기도록 하고 줄에 매인 잠자리는
천천히 식어갔다 나는 하루종일 불길이 치솟는 성을 바라보
았다 새들은 떨어뜨린 문자를 줍느라 대숲을 샅샅이 뒤졌다

房
— 거울 너머

나만 들리게
너는 속삭인다

잠든 나의 구두를 신고서
거울 속으로 걸어가는 이
사라진 거리를 헤매다 온 너의 부르튼 발
꼼지락거리는 열 개의 발가락으로
이곳에 없는 바다를 유영하는 오징어
너의 모자를 벗기면,

나는 그물을 들고 있다
그물망 사이로 아무것도 없이
빛나는 바다를 본다

사공 없는 바다 한가운데
파닥거리는 물고기
아가미에서 중얼거리는 입술

해변을 서성이던 종마가
모래바람을 일으키며
나에게 다가와 큰 소리로 운다

나는 벌떡 일어나서 말의 안장에 오른다

이제 막 눈뜬 말에게 채찍을 휘두르며
거울 너머 펼쳐진 백사장을 달려간다

소가죽 구두

열일곱 살에 처음 산 나의 소가죽 구두는
죽은 소가 꼬리에 불붙어 일어나지
는 않지만 내가 결혼식이나 장례식에
신을 구두가 없어 두리번거릴 때면
여기 있소, 하며 매끈한
가죽을 반짝이곤 한다

금강제화 구두, 내가 돈 없을 때
벼룩시장에 내놓았다가 반품된 이 구두에서
어느 날 금띠를 두른 성경책과
너의 머리를 쓸어주시던 외할아버지 손이
튀어나오는 경험을 한 적은 없지만
혼자 벗겨진 구두 한 짝을 들고 길에 누워
지나는 이에게 시비 걸고 있으면
집에 겨들어가소, 말리는 것이다

그래서 나는 나보다 이성적인 소가죽 구두
내가 나를 사랑할 때 오르던 말하는 소에
관한 시를 자주 상상하였는데 높은 안장은
언제나 미끄럽기만 하였다

나 없는 사이에 많은 이들이 그 신을 신었을 것이다
중동의 무슬림, 떠도는 거울 속 영혼

아프리카 부족 출신의 나처럼 가난한 학생이
처음 만져보는 구두를 신으며 등뒤로
사라지는 소를 바라보았겠지

열일곱 살에 처음 산 나의 구두는
검정색 고급 소가죽 지금도
눈 내린 길을 저벅저벅 걸어갈 때
누군가 잡아당겨 내 뒤의 발자국 따라 천천히 걸으면
옛집 부서진 외양간, 싸락눈 내린 여물통

버스 끊겼소? 초가 뒤에서
낯익은 목소리

房
— 미래

거울,
너는 너를
어디에 비춰볼까

그런 게 있다면
나는 도대체
어떤 표정을 지어야 하나

거울,
모르겠다
너에게 무엇을 바쳐야 할지

흐르지 않는 피
차갑게 응고된 해골을
보여주는 수밖에

얼굴,
그런 건 없을 거야

네가 눈을 뜨면
산산조각 나니까

거울,

너는 너를
어디에 비춰볼까

나를 바라보는

마차

　날이 어두워지면 풍차가 돌아가는 언덕을 넘어 돌이 된 사
내를 실으러 가자 그는 한때 나의 아들이고 아버지였으며,
굽을 박던 힘 좋은 사내였다 서두를 것 없다 독사는 지금 그
의 입속에 누워 있으니까 사내는 황금을 실은 배를 호수에
묶고 보리밭을 걷는 중이다 그는 지난날을 회상한다 그가
건초에 누워 잠을 자는 동안 너는 젖소들이 떠난 목장에서
풀을 뜯어라 비탈에서 마주친 미치광이가 상수리나무를 꺾
어 너를 겨눌 수도 있다 그가 마차에 올라타지 않도록 해라
시가지에서는 축제가 한창이다 바구니를 든 여자들이 검은
토마토를 줍는다 흰 천을 덮은 시체들이 성밖에서 빵을 구
걸할 것이다 그러나 말이여, 너에겐 감정에 녹슬지 않는 바
퀴가 있고 부패한 신부의 뼈를 깎아 얹은 빛나는 안장이 있
다 이리 오렴 와서 마부를 기다리렴 첨탑 꼭대기에 앉아서
수십 년째 기도만 하는 저 사내를

불청객

가로등 불빛이
작은방 창으로 들어온다
밥상을 타넘고
안방으로 걸어와서 어머니 가슴에
발을 올려놓는다
괘씸하지만
꽁꽁 언 발을 끄집어낼 수도 없어
그대로 둔다

보일러 돌아가는 소리에도
잠을 깨시는 어머니
늘 걷어차던 이불을 웬일로
한 번 안 차고 주무신다

네가 붙잡았나 싶어서
불빛이 시작한 자리를 가만히
오래오래 본다

저리 보면
달이 뭐 별건가

빈 그물을 들고, 빈 얼굴이 되어

이재원(문학평론가)

배가 산으로 가면,

　민구의 시가 지니는 특별함에 대해서라면, 자연이나 풍경을 두고 발휘되는 기발한 상상력을 떠올리기 쉽다. 시집을 읽는 내내, 달이 "내게 노상 방뇨"(「기어가는 달」)를 한다거나 "먼저 나를 물기도"(「움직이는 달」) 한다는 식의 상상력이 우리를 즐겁게 만들기 때문이다. 이때 풍경, 나아가 세계는 그가 상상하는 대로 "무엇이든 잘라서 만들 수 있는"(「한 덩어리 달」) 시의 재료처럼 보일 수도 있겠다. 그렇다면 우리는 이 시들이 자아가 풍경을 일방적으로 전유하고 있지는 않은지에 대해 물을 필요가 있다. 풍경이 단지 자아의 존재함과 권위를 확인하게 하는 대상으로서 일종의 장치처럼 위치한다면, 그래서 풍경 혹은 사물의 시간이 자아의 시간으로 환원되는 것이라면, 시는 결국 무엇일 수 있을까. 아마 그런 경우 시는 자아가 인식하고 사유하는 것만으로 꾸려진 한정된 세계, 그 이상일 수는 없을 것이며, 그 견고한 동일성의 세계로부터 우리는 일방성과 폐쇄성이 불러오는 한계들과 마주해야 할 것이다. 그런데 민구의 시를 향해 이런 물음을 던져보는 일은 오히려 그의 시들을 더욱 특별한 위치에 두게 만든다. 이 시들로부터 우리는 폐쇄된 동일성의 세계가 아니라 그 너머, 곧 '나'로서는 인식할 수 없고 사유할 수 없는 세계를 향한 들끓는 마음을 발견하게 되기 때문이다. 가령 이런 시에서 그것이 드러난다.

발아래 누그러진 바위의 맥을 짚어본다
돌 속으로 한 손이 지워진다 누군가 내 손을 잡고 있다

나는 천천히 돌 속으로 걸어들어간다
눈 덮인 지붕 아래서 죽은 자들이 일가를 이루고 산다
뼈만 앙상한 노모를 위해 남자는 아궁이에 불을 지피고
나무 웅덩이에서 계속 물을 길어온다
파리채로 모기를 잡던 여자가 밥상을 내온다
이걸 먹으라고? 기가 차서 주위를 둘러보면

벽에 문드러진 동백들

—「동백」 부분

　이 시를 통해 우리는 "벽에 문드러진 동백들"과 만나게 되
지만, 그 동백의 자리에 대해서는 특정한 시공으로 규정할
수가 없다. 여기 겨울 산에 올라 "바위의 맥을 짚어"보다가
돌연히 돌 속으로 걸어들어가는 자가 있으며, 그가 걸어들
어간 돌 속의 세계란 "죽은 자들이 일가를 이루"는 곳이기
때문이다. 즉 이 황당한 '나'의 자취를 쫓아가다보면 우리는
지금 여기에 자리하는 '나'의 삶과, 나로서는 겪어본 적 없
는 어느 익명적인 시간 속의 죽음이 이어지는 이상한 시간
에 놓이게 된다. 그것은 동일성의 세계 너머에 있는, 풍경
의 것이나 나의 것으로 환원되지 않는 어떤 '다른' 시간이

다. 동백은 그 생경한 시간에 속해 있는 것이어서, '나' 혹은 우리에게로 잡힐 수가 없다. 비단 풍경에 관한 시뿐이 아니라, 민구의 시에서 "그림 속의 사과 하나가/ 내 앞으로 굴러"(「房—빛의 사과」)오는 식의 사건, 즉 사물과 존재가 결정된 구획이나 경계를 두고 아무렇지 않게 그것을 건너가는 일은 빈번하다. 그리고 그러한 건너감의 사건들 속에서, '나'의 인식과 사유로는 장악될 수 없는 시간이 찾아오곤 한다. 여기 곳곳에서 발견되는 엉뚱한 상상력은 세계를 전유하려는 의지와 관련이 있다기보다는, 나와 너, 지금 여기와 사라진 시공, 삶과 죽음, 안과 밖 등 도무지 좁혀질 수 없을 것만 같은 거리들을 아무렇지 않게 지워내는데 쓰이는 것이다. 아니, 그것을 지우지 않은 채 우리에게그 간극을 실감시킴과 동시에 그것들이 무용해지는 순간을 창조해내는 것이다. 그러니 민구의 시는 이성과 논리에 의해 마련된 세계의 고정된 회로들을 두고 그 바깥으로 나아가려는 운동이며, 그것이 여기 세계의 문법이나 경계 들과 무관해지는 다른 시간, 배가 산으로 가버릴 수 있는 엉뚱하고도 생경한 세계를 불러온다고 말해둘 수 있겠다. 그렇다면 이제, 민구의 시를 읽는 동안 우리를 찾아오는 이 다른 시간, 그리고 그것을 가능하게 하는 마음의 운동에 우리의 시간을 맡겨보자.

너의 익명에게, 농담처럼

　미리 이야기하자면, 민구의 시에서 나타나는 상상력의 기저에는 내가 눈앞의 풍경을 재현하거나 장악할 수 없다는 사유가 자리한다. 가령 나 스스로가 "그 어디에도/ 나만의 것은 없다// 나의 이름, 내 목소리"(「공기—익명에게」)라고 말할 때 우리는 그것을 실감한다. 나의 고유함의 표징인 이름과 목소리조차 온전히 나만의 것이 아니라고 사유하는 이에게, 세계 역시 자신에게서 출발되는 이성이나 인식으로는 규정할 수 없는 것일 테니 말이다. 그리고 어떤 시에서 이런 사유는 언어, 나아가 시 자체에 대한 근본적인 질문을 만들어둔다. 먼저 "나만의 것"이 없다는 자가 쓰는 편지를 읽어보자.

　　멀리 있는 네게 편지를 쓴다

　　"오늘 아침
　　바다에서 잡은 도미는
　　본래의 색을 잃고서 죽어버렸네
　　누군가의 시
　　그의 날렵한 문장에 의해"

　　너의 이름을 부르며

이렇게 적는다

"뜨거운 프라이팬에서 익어 가는 도미를
언제 뒤집어야 할까
사라진 가시를 어떻게 바를지"
모르겠다고
　　　　　　　　　　　　　　—「공기—익명에게」 부분

　도미가 "본래의 색을 잃고서 죽어버렸"다는 것, 그리고
그것이 "누군가의 시"에 의한 것이라고 적힌 편지가 여기
있다. 언어는 대상을 지시하고 표상화함으로써 그의 존재함
을 증명할 수는 있을지라도, 대상의 개별성과 본질 그 자체
에는 닿을 수 없다. 어떤 존재 그 자체는 주체의 인식 범위
바깥에 있는 것이며, 미지의 것일 수밖에 없기 때문이다. 그
러니 눈앞의 도미를 재현하거나 그에 대해 말하려는 시적
시도들은 도미 "본래의 색" 가까이 가는 일에 숙명적으로
실패한다. 세계와 사물을 재현하려는 시가 이룰 수 있는 것
이 있다면, '나'의 인식작용 속에서 생성되는 형상들의 세
계뿐이다. 이렇게 사물이 주체에 의해 일방적으로 종속되는
불평등한 관계에 처할 때, 사물은 "본래의 색"을 잃고 죽어
버리는 것과 다를 바 없다. 그런데 이 시가 흥미로운 지점은
언어, 나아가 시의 한계를 담아내는 공간이 이미 다른 한 편
의 시라는 점에, 또 그것을 '너'에게 쓰는 편지라고 밝혀둔

다는 데 있다. 또한 '너' 역시 도미처럼 '나'에 의해 일방적으로 재현되는 대상일 수 있지만, '익명에게'라는 부제에서 나타나듯, '너'는 도미의 경우와 달리 구체적인 형상으로 규정되지 않는다. 너는 다만 나의 편지와 호명이 도달할 익명적 자리로서만 드러나 있는 것이다. 이로부터 우리는 민구의 시가 세계를 재현하는 데 관심을 두지 않으며, 어떤 익명의 너를 향해 이름 부르고 편지를 쓰는 시간으로서 존재하리라고 예감할 수 있다. 그렇다면 제 근원적인 한계에도 불구하고, 사물의 색을 잃게 하는 일과는 무관하게, 그러나 사물과 헤어지지 않은 채로 존재하는 시는 어떻게 가능한가.

  민구의 시에서 종종 나는 너에 대해, "너는 보이지 않아" "네 뒤도 가득차 있다/ 빈곳으로"(「공기―너는」)라고 말한다. 너를 텅 빈 것으로 인식하는 일이란, 너를 만났을 때 촉발되는 나의 인식과 주관을 비움으로써만 가능할 것이다. 즉 민구의 시는 '나'의 인식으로부터 풀려난 생경한 세계로서 존재하곤 한다. 가령 「바벨 드는 새」와 같은 시에서 화자는 눈앞의 새에 대해 말하던 중에 돌연 "과장이 심하다 싶어"라며 "눈앞에서 새를 지"운다. 상상력의 방향이 눈앞의 새를 묘사하고 해석하는 쪽이 아니라 그 새에 대한 '나'의 인식과 사유로부터 멀어지는 쪽으로 작동하는 것이다. "새가 새의 가죽을 벗고 그림자만 남"을 때까지 새를 지워내는 이 시에서 결국 "바벨을 들고 있"는 것은 새가 아니라 "그림자"가 된다. 그림자란 사물의 존재함을 증명할 수는 있으나 개별적 정체성을 드러낼 수는 없다. 그러니 눈앞의 사물을 그림자의 형식으로 남기는 상상력을 통해, 본 것이 볼 수 없는 영역의 것으로 변환되고, 이때 사물은 '나'에게 인식된 특정한 이미지 혹은 '나'의 감정을 일방적으로 공유하던 대상의 자리로부터 풀려나 익명적인 존재로서만 감지된다. 이렇게 새가 나의 인식 범위로부터 해방됨으로써, 그림자가 바벨을 든다는 위트 있는 세계가 마련될 수 있었던 것이다. 그러니 민구의 시에서라면, 가을 역시 이렇게 농담처럼 오는 것이겠다.

어제는 감나무 은행이 털렸다
목격자인 도랑의 증언에 의하면
어제까지는 기억이 났는데 원래,
기억이란 게 하루 사이에 흘러가기도 하는 거
아니냐며, 조사 나온 잠자리에게 도리어
씩씩대는 거였다

룸살롱의 장미가 봤다고 하고
꼿꼿하게 고개 든 벼를 노려봤다던,
대장간의 도끼가 당장 겨뤄보고 싶다는,
이 사내는 지금 어디에 있을까
버스 오기 전에

몽타주를 그려야 하는데

　　　　　　　　　—「가을이라고 하자」 부분

　이 시는 "공주의/ 복사꽃 치마"와 "계곡타임스" "대장간
의 도끼" 등이 공존하는 곳, 그렇기에 하나의 고정된 시간
과 공간으로 수렴될 수 없는 세계로서 존재한다. 어디에도
속하지 않으며 시공이 묘연한 이런 세계에서, 가을은 "감나
무 은행"을 털었기에 "몽타주를 그려야 하는" '사내'로 불
리며, 가을의 몽타주를 그리는 것은 다름아닌 도랑이나 잠
자리, 장미와 도끼 등 가을의 풍경을 구성하는 사물들이다.
그러니 여기에서 가을은 '나'에게로 동일화되는 평면적인
풍경이 아니라, 상상력의 회로를 거쳐 사물이 제각각의 감
각을 지닌 채 살아 있는, 일종의 사건처럼 존재한다. 그것
이 이 가을을 어느 때보다 활기 있고 신선하게 느끼게 한다.
민구의 시에서 이렇듯 풍경이란 단지 '나'의 인식과 사유의
대상으로 고정되는 것이 아니라, 사건의 주체인 듯 존재한
다. 그리고 이 같은 상상력은 내가 그것에 대해 인식할 수
있는 것이란 텅 비어 있음뿐이라는 숙명을 받아들이는 가운
데, 그렇기에 세계에 대해 단언하지 않으려는 의지 속에서
나아간다. 그 속에서 우리는 여전히 사물 본래의 빛에 관해
알 수 없지만, 세계란 사물들이 저마다의 빛을 냄으로써 마
련되는 것임을 느낄 수는 있게 된다. 어떤 시는 이렇게 속
깊은 농담일 수 있는 것이다.

거울이 녹고 방이 흐를 때

우리는 여기 있는 자아와 풍경이 만나는 시들에서 사물 본
연의 자리를 존중하는 마음을 발견할 수 있었으며, 그것이
때로 '나'로 하여금 자신이 기억하는 것들을 모두 잊는 자
리에 둔다는 것 역시 목격했다. 그러니 이쯤에서 주목할 것
이 있다. 민구의 시의 한 축을 이제껏 살펴본 풍경의 시들이
이루고 있다면, 그 다른 편에는 특이한 방식으로 존재하는
'나'의 목소리가 발견된다는 점이다. 민구의 시에서 '나'는
자신에 대해서 이렇게 정의 내리는 자다.

　　나는 빛도 어둠도
　　털이 다 빠진
　　까마귀도 아니야

　　나는 백지
　　가느다란 손가락이 아니야

　　(……)

　　—나는 아냐

　　그래 너는 아무것도 아니지

102

향초에 불을 붙이고서
너를 일으킨다

훅 불어서 촛불을 끄면
어둠 속에서 흰 정어리 한 마리
튀어오르며

나를 붙잡겠다고?

—「공기―나는」 부분

'나'는 자신을 '빛'이나 '어둠', '까마귀' 등으로 규정하려는 시도들에 대해 "나는 백지"라거나 "나는 아냐"라는 말로 응답한다. '나'라는 말이 고유함과 정체성, 인식이나 주관 등의 요소들을 내재한다면, 그 말에 대해 스스로 '백지' 혹은 '아냐'라고 설명하는 것은 이제껏 자신에게 입혀 있던 고정된 요소들, 내가 규정해온 것들과 나를 규정하는 것들 모두를 지우고 부정하는 일이다. 민구의 시에서 '나'는 자신에게 어떤 형태나 경계도 짓지 않으려는 자에 가까운 것이다. 그런데 이 시에는 흥미롭게도 "나는 아냐"라는 말에 대해 "그래 너는 아무것도 아니지"라고 답하는 또하나의 화자가 등장한다. 이 두 개의 목소리는 때로는 겹치고 때로는 분리되어 선명히 구분되지 않기에, 이 시가 어둠 속에서 "나

를 붙잡겠다고?"라고 외칠 때, 우리는 그 목소리의 주체를
가늠할 수가 없다. 이렇듯 민구의 시에서 '나'는 자주 "우
리 둘"(「房—거울」)로서 등장해, "서로 노려보는 흑조 한
쌍"(「房—알」)처럼 묘한 긴장감 속에서 대치하다가, 어느
순간 서로에게 뒤엉키거나 일인칭으로 수렴되곤 한다. 이
런 정황들이 '나'란 그 자신 내부의 고유함으로부터 존재하
는 자가 아님을, 무엇도 아닌 채로 존재하려는 자이며, '나'
를 응시하는 또다른 '나'와의 긴장관계 속에서 지탱되는 자
임을 알게 한다.

 '나'이면서 "우리 둘"인 이 이상한 '나'들의 관계는 주로 '거
울' 앞에서 부각된다. 일반적으로 거울은 타자인 나를 통해
자신을 확인함으로써 나에게 복귀하는 과정 속에서 동일성
의 원리를 더욱 견고하게 만든다. 그러나 민구의 시에서 거
울에 비친 형상은 '나'와 닮아 있지만 "나의 영정"(「房—호
출」) 같은 것으로 묘사되곤 하여서, 결국 통일된 나로 환원
되지 않는다. 그러니 내가 거울에 비친 나를 보는 일은 주
체와 대상이 구분되지 않은 채 뒤섞이는 경험으로서 돌아오
며, 그로부터 동일성의 세계에는 균열이 일어난다. 그렇다
면 거울 속에서 나의 모습을 한 채 나를 응시하는 자의 정체
는 무엇일까. 민구의 시에서 그의 갈피는 명확히 잡히지 않
는다. 그는 내 안에서 분열된 타자로서의 나이거나, 이상화
된 나, 혹은 꿈속에서 상상된 나를 오가는 자라고 말해둘 수
밖에 없을 것이다. 그럼에도 분명하게 알 수 있는 것은 거울

속의 나란 거울 밖의 나와는 다른 방식으로, 다른 세계에 존재하는 자라는 사실이다. 거울 속의 내가 바깥으로 나오는 순간, 내가 있던 자리의 기류가 변해버리기 때문이다. 가령 이 시에서 내가 "거울아 녹아라/ 내가 흐르게/ 흘러나오게" 라고 주술처럼 읊자, 거울 속의 나는 바깥으로 나온다. 그리고 내가 있던 방은 이렇게 변한다.

나는 기다려
천천히 녹는 거울을
흐르는 평범한 세계를

거울이 녹으면
내 방은 잠기겠지
치워지지 않은 주검들도
떠내려오겠지

물이 싫은 나의 고양이가
그림의 난간으로 건너간다
죽은 사상가가
입에 문 시가를 놓치고
텀블러 안으로 달아난다

그녀가 젖었네

거울에서 나온 내가
사진 속 먼로의 가슴을
주무르고 있다

이제 누가 돌아갈까
우리 둘

—「房—거울」 부분

　거울 속의 내가 바깥으로 나오자, 내 방은 "치워지지 않은
주검들"이 떠내려와 잠기는 곳이자 어디로든 흐를 수 있는
세계가 된다. 이렇듯 "걸쭉한 바다가 들이"(「房—알」)치기
도 하는 사건이 민구의 시에서는 대개 '나'의 '방'에서 일어
난다는 점, 또 나 스스로가 거울이 녹고 세계가 흐르기를 기
다리는 자이며, "거울이 녹으면/ 내 방은 잠기겠지"라고 담
담히 말하는 자라는 점은 흥미롭다. 거울이나 방은 일반적
으로 '나'의 고유한 세계를 단단하게 보존하는 역할을 맡지
만, 여기에서는 거울은 나에 의해 녹아버리고, 방은 흐르는
세계 속에서 잠겨버린다. 이것이 '나'를 중심으로 이루어진
세계가 사방으로 녹아 흩어지는 느낌을 주는 것이다. 그렇
다면 '나'는 어째서 거울이 녹고, 방이 잠기는 세계를 기다
리는 것일까. 이 시 스스로가 여기에 대해 근사하고 아름다
운 답변이 된다. 거울이 녹을수록 다가오는 "흐르는 평범한
세계"란, "거울에서 나온 내가/ 사진 속 먼로의 가슴을 주

무"를 수 있는 곳, 고정된 구획이나 경계가 모두 소용없어 지기에, 닿을 수 없던 어딘가에 닿을 수 있는 세계이다. 그리고 이곳에서는 '나'만이 아니라 "죽은 사상가"와 "사진 속 먼로" "나의 고양이"까지, 정해진 자리를 지키던 모든 존재들이 일순간 깨어나 건너가고, 달아나고, 나올 수가 있다. 모든 사물과 존재가 저 자신의 마음의 갈피를 좇아 흐르고 서로에게 뒤섞일 수 있는 곳, 그렇게 모르는 세계와 존재에 닿을 수 있도록 모든 질서와 논리 들이 무색해지는 곳, 그리고 결국 "치워지지 않은 주검들"까지도 떠내려올 수 있는 곳. 민구의 시가 갈망하는 흐르는 세계란 이런 곳일 것이다. 그렇다면 이 흐르는 세계의 원리 속에서 드러나는 것은 민구의 시에서 '나'란 제가 서 있는 현실세계의 질서로부터 벗어나려는 자이며, 그것은 인식 너머의 세계와의 만남을 갈망하는 데서 비롯한다는 점이다. 나는 닿을 수 없는 너, 사라진 시간과 죽음, 그 모든 바깥의 세계와 만나기 위해 현실세계와는 다른 방식으로 흐르는 시간을 생성한다. 그리고 그러한 시간은 거울이 자신을 비워둠으로써 제 앞의 세계를 비추듯, '나'라는 자리를 비워두고 그곳을 '나' 아닌 것들로 가득 채움으로써 가능해진다. '나'를 잊을 때에야, 누구의 것도 아닌 익명적인 세계 속에서야, '나'의 바깥과 이어지는 시간이 온다. 결국 민구의 시에서 '나'가 독특한 방식으로 존재하는 것은 그로써만 세계의 모든 구획과 무관한 채로 흐를 수 있기 때문이지 않을까. "나의 익명"이란 "어디

로든 갈 수 있는/ 아홉 개의 꼬리"(「房—블랙」)를 얻기 위한
존재론적 기반일 수 있는 것이다.

빈 그물을 들고, 빈 얼굴이 되어

     잠든 나의 구두를 신고서
     거울 속으로 걸어가는 이
     사라진 거리를 헤매다 온 너의 부르튼 발
     꼼지락거리는 열 개의 발가락으로
     이곳에 없는 바다를 유영하는 오징어
     너의 모자를 벗기면,

     나는 그물을 들고 있다
     그물망 사이로 아무것도 없이
     빛나는 바다를 본다

     (……)

     나는 벌떡 일어나서 말의 안장에 오른다
     이제 막 눈뜬 말에게 채찍을 휘두르며
     거울 너머 펼쳐진 백사장을 달려간다
                     —「房—거울 너머」 부분

이 시에서 '나'는 거울을 통해 자신을 비추지 않고 거울 너머를 바라본다. 이때 "거울 속으로 걸어가는 이"가 다름 아닌 '나'임이 드러난다. 나는 거울 속에서 "사라진 거리"와 "이곳에 없는 바다"를 마음껏 헤매지만, 그가 든 그물에는 "아무것도 없이/ 빛나는 바다"만이 있다. '나'는 시라는 그물을 들고도 아무것도 잡지 않으려는 자여서, 그의 시에는 오직 저 자신의 빛으로 존재하는 바다의 자유로움만이 담긴다. 또 그는 여기로부터 부재하게 되었거나 부재하는, 그렇기에 결코 알 수 없고 닿을 수 없을 무한한 세계와 같은 숨을 쉬어보려는 마음으로 바다를 헤매는 자다. 그리고 무엇보다 그물을 비우고, 그 그물을 통해 바다의 빛을, 또 "이곳에 없는 바다"를 보기 위해서는 그 자신이 먼저 빈 얼굴이 되어야 한다는 것임을 그는 안다. 그것이 우리로 하여금 '시'란 '나'로부터 출발하지만 '나'와는 먼 자리에서 목소리를 내려 함으로써, '나'의 바깥과 뒤섞일 수 있는 유일한 시간임을 알게 한다. 그러니 그의 시를 읽는 동안, 우리도 모르게 우리의 방에도 여기에 없는 무한한 바다의 세계가 들이친다. 그 바다의 물기가, 젖지 않아본 방은 짐작할 수 없는 순간들이, 우리로 하여금 이제껏 각자의 방에서 움켜쥐어온 것들이 실은 무엇도 아닐 수 있다고 말을 걸어온다. 그것이 결국 우리와 사물 모두를 자유롭게 만드는 순간을 불러온다. 불러올 것이다.

여기 빈 얼굴이 되어 빈 그물을 들고 있는 자가 있으니 그를, 그가 있는 자리와 그가 보는 세계를 우리는 어떤 이름이나 얼굴로 간직할 수가 없다. 그러나 그것들은 내게 "거울 너머 펼쳐진 백사장"으로 달려가는 이의 뒷모습으로 간직되었다. 이 뒷모습은 어떤 이름이나 얼굴보다도 선명하게 간직되는 것이어서, 그 시가 지나간 뒤에도 사라지지 않는다. 이렇듯 애쓰지 않는데도 저절로 간직되는 것들은 우리에게 잊힌 듯 잠복해 있다가 문득 고요히 흐르는 시간 사이로 튀어오른다. 때로 얇은 시집 한 권이 그 어느 두꺼운 책보다도 우리의 시간을 일렁이게 하는 것은 그래서일 것이다. 그리고 그 일렁임의 순간들이 삶의 기류를 조금씩 변화해나갈 것이라고, 거기에 더 나은 시간으로의 가능성이 있다고, 시는 믿는다. 이 시집이 남겨둔 뒷모습은, 그것까지를 잊지 말라고 가끔 말을 걸어올 것만 같다.

민구 1983년 인천에서 태어났다. 2009년 조선일보 신춘
문예로 등단했다.

문학동네시인선 065
배가 산으로 간다
ⓒ 민구 2014

1판 1쇄 2014년 11월 20일
1판 3쇄 2021년 07월 26일

지은이 | 민구
책임편집 | 이경록
편집 | 곽유경
디자인 | 수류산방(樹流山房) 본문 디자인 | 유현아
마케팅 | 정민호 이숙재 우상욱 정경주
홍보 | 김희숙 함유지 김현지 이소정 이미희 박지원
제작 | 강신은 김동욱 임현식
제작처 | 영신사

펴낸곳 | (주)문학동네
펴낸이 | 염현숙
출판등록 | 1993년 10월 22일 제406-2003-000045호
주소 | 10881 경기도 파주시 회동길 210
전자우편 | editor@munhak.com
대표전화 | 031) 955-8888 팩스 | 031) 955-8855
문의전화 | 031) 955-3578(마케팅), 031) 955-2679(편집)
문학동네카페 | http://cafe.naver.com/mhdn
북클럽문학동네 | http://bookclubmunhak.com

ISBN 978-89-546-2631-6 03810

* 이 책은 서울문화재단 '2013 문학창작집 발간지원사업'의 지원을 받아 발간되었습니다.
* 이 책의 판권은 지은이와 문학동네에 있습니다. 이 책 내용의 전부 또는 일부를 재사용
  하려면 반드시 양측의 서면 동의를 받아야 합니다.
* 이 도서의 국립중앙도서관 출판예정도서목록(CIP)은 서지정보유통지원시스템 홈페이지
  (http://seoji.nl.go.kr)와 국가자료공동목록시스템(http://www.nl.go.kr/kolisnet)에서
  이용하실 수 있습니다.(CIP 제어번호 : CIP2014030168)

잘못된 책은 구입하신 서점에서 교환해드립니다.
기타 교환 문의: 031) 955-2661, 3580

www.munhak.com

문학동네